시골뜨기 서울뜨기

어르신 이야기책 _201 중간글

시골뜨기 서울뜨기

초판 1쇄 발행일 2018년 3월 9일

지은이 박완서
그린이 김영희
펴낸이 이원중

펴낸곳 지성사 출판등록일 1993년 12월 9일 등록번호 제10-916호
주소 (03408) 서울시 은평구 진흥로1길 4(역촌동 42-13) 2층
전화 (02) 335-5494 팩스 (02) 335-5496
홈페이지 지성사.한국 | www.jisungsa.co.kr 이메일 jisungsa@hanmail.net

ISBN 978-89-7889-361-9 (04810)
978-89-7889-349-7 (세트)

잘못된 책은 바꾸어 드립니다. 책값은 뒤표지에 있습니다.

이 도서의 국립중앙도서관 출판예정도서목록(CIP)은 서지정보유통지원시스템 홈페이지
(http://seoji.nl.go.kr)와 국가자료공동목록시스템(http://www.nl.go.kr/kolisnet)에서
이용하실 수 있습니다. (CIP제어번호: CIP2018006002)

어르신 이야기책 _201 중간글

시골뜨기 서울뜨기

박완서 글 · 김영희 그림

지성사

시골 잔치 구경

뭔가 모르게 우울하게 지내던 어느 날,
시골에 사는 친척으로부터 맏아들 결혼식에 와달라는
초대를 받았다.

전연 예기치 않은 결혼에의 초대가 나에게
이상하리만치 신선한 기쁨과 감동을 안겨주었다.

시골이래야 서울에서 시간 반이면 갈 수 있는
강화도요,
강화에는 전등사가 있어 몇 번 가본 일이 있지만
친척집에 들른 적은 한번도 없었다.

그렇지만 강화에 산다는 친척들은 서울에 올 적마다
우리집에 들렀고 묵어가는 적도 있었다.

그럴 때마다 그들은 강화에 한번 놀러오라고,
강화엔 전등사란 절도 있거니와
친척만 해도 20여 가구가 살고 있으니
며칠이라도 심심찮게 소일할 수 있을 거라고 했다.

그런 그들에게 나는 내가 이미 몇 번이고
강화에 가봤다는 말을 할 수가 없었다.
그들은 강화까지 와서 그까짓 절이나 보고,
바닷가나 거닐고 친척집은 그냥 지나치는 나를
전연 상상도 하고 있지 않았으므로
그런 말은 그들에게 어떤 배신감을 줄 것 같아서였다.

이렇게 이쪽에선 무심히 시들하게 대했다고
할 수도 있는 친척들의 생활에
나는 별안간 강렬한 호기심을 느꼈다.
그것은 어떤 명승지의 절경의 유혹보다 더
가슴 설레는 것이었다.

그렇다고 시골생활에 새삼 목가적인 꿈을
가질 만큼 철없었던 것은 아니다.

다만 도시인이라면 싫건 좋건 숨쉴 수밖에 없는
각박한 정치적 경제적 현실을 어느만큼은 외면하고도
살 수 있는 시골생활,

사모관대와 족두리가 있는 결혼식 광경은
상상만 해도 유쾌했을 뿐이다.

나는 기온이 급강하한 날 아침,
신촌에서 강화행 시외버스를 탔다.

버스가 도시권을 벗어나 김포 가도를 달리자
나는 서울에 다시는 안 돌아오기라도 할 듯이
'에잇 지긋지긋한 놈의 고장' 하면서
멀어져가는 서울에다 대고 힘껏 삿대질까지 한번 했다.

읍내 차부에 친척 중의 한 사람이 마중나와 있었다.

그러나 그가 앞장서 안내한 곳은
신랑 집이 있는 호박골이란 마을이 아니라
차부에서 빤히 바라다보이는
예식장이었다.

낡고 협소한 이층 건물 회색빛 담벼락에는
그날 짝지어질, 무려 일곱 쌍이나 되는
신랑 신부의 이름이 적힌 흰 종이가
바람에 을씨년스럽게 펄럭이고 있었다.

신신예식장

예식장은 2층이었고 계단 밑에 접수가 있었다.

접수 앞을 그냥 지나치기가 뭣해서

준비한 축의금을 내놓았으나 나는 뭔가 좀 서운했다.

왜냐하면 나는 그 축의금을,

혼인 잔치를 총지휘하랴 폐백 받을 준비하랴

허둥지둥 바쁜 신랑 어머니에게

직접 넌지시 건네주게 될 줄 알았었다.

그리고 신랑 어머니가

“와준 것만도 고마운데 뭘 이런 것까지……”로

시작해서 구수한 너스레를 한바탕 떨면서

치마를 훌러덩 걷고 융바지에 달린 자루만 한

속주머니에 그것을 간직하는 모습을 보기를 원했었다.

비좁은 식장에선 이미 결혼식이 끝나고

사진을 찍으려는 시간이었다.

순백의 웨딩드레스를 입은 어린 신부 옆에서
엄숙한 얼굴로 굳어 있던 신랑 어머니가
내 모습을 발견하더니 셔터를 누르려는 사진사를
급히 제지하고 다짜고짜 내 손목을 잡아끌어
가족사진의 일원으로 끼워주었다.

나는 좀 난처했지만 신랑 어머니의 단호한 태도에
질려 고분고분 굴 수밖에 없었다.

말이 가족사진이지 일가친척을 총망라한
대 친족 사진이어서 사진사를 애먹이고 있었다.

더 우스운 것은 그 많은 사람들이 다 신랑 쪽 친족이고,
신부 측 친족의 사진 촬영은 신랑 측이 끝난 다음
따로 한다는 거였다.

양가가 같이 찍으려 해도 너무 인원이 많아
그렇게 할 수밖에 없다는 거였다.

가족이란 개념 자체가 도시하곤 달랐고,
그래서 나는 차츰 따습고 즐거운 기분에
휩싸이기 시작했다.

십 리가 지척이던 시골이었는데

식이 끝나고 신랑 집으로 가는데 제각기 다투어 택시를 불러 타고 합승을 하는 광경도 재미있었다.

나는 허허한 겨울 들판을 걷고 싶다고 생각했으나 동행이 없었고,
요기서 조긴 줄 아느냐, 십 리나 되는 데라고,
누구나 십 리를 강조하며 걷는 걸 만류했다.

어려서 시골서 자란 나는 그때의 시골 사람의 거리감으로
십 리쯤이 얼마나 지척이란 걸 기억하고 있기 때문에
시골도 참 많이 변했구나, 많이 잘살게 됐구나
생각할 수밖에 없었다.

삽시간에 읍내 택시란 택시는 싹 쓸어
호박골을 향해 흙먼지를 일으키며 줄달았다.
같이 합승한 친척들이 자못 자랑스럽게
신랑 집이 얼마나 잔치를 잘 차렸나를
나에게 들려주었다.

떡을 다섯 가마나 하고

돼지를 두 마리나 잡았다고 했다.

나는 웃으면서 "다섯 말이겠죠" 하고 정정을 했다.

그 친척은 큰잔치에 그까짓 다섯 말을 누구 코에다

붙이냐고 한사코 다섯 가마니를 주장했다.

나는 할 수 없이 그냥 웃었고,

그 친척은 자못 자랑스러운 듯 으스댔다.

나는 속으로 아마 한 가마쯤은 했나 보다고
생각을 고쳐하기 시작했고,
또 우리 친척이 이 고장에선 떵떵거리고 사는
부잔가 보다고 생각되어
흐뭇하고 약간 으쓱하기도 했다.

그러나 당도한 신랑 집은 칸살이 좁은 방이
두 개밖에 없는 낡은 초가집이었고
부엌이랑 헛간이랑 그 밖에 해놓고 사는 게
30여 년 전 십 리쯤은 지척으로 알던 시절의
우리 시골마을의 집들과 조금도 다를 바가 없었다.

신랑 집의 혼란과 소요는 이루 말할 수가 없었다.

돼지우리가 있는 뒤뜰에 차일을 치고 임시로 마련한
숙수간에는 두 개의 드럼통에 막걸리가 철철 넘치고,
돼지비계를 썰어 접시에 담는 남자들이
엉겨붙는 사람들을 뭐라고 고래고래 악을 써서 쫓아내며
세도가 당당했다.

한 접시 더 달라커니
그 방엔 아까 한 접시 들여보낸 걸 번연히 아는데
더 달라면 어떡하냐느니,
대강 그런 소리였다.

다섯 가마 떡쌀의 풍요와 그 이면

추운 날인데도 마당이고 헛간이고 추녀 끝이고
멍석을 깔고 상만 하나 갖다놨다 하면
사람들이 악머구리 끓듯 몰켜들고
여기저기서 악들을 쓰고 했다.

이웃집 방까지 얻은 모양으로 앞문 뒷문으로
음식을 담은 목판이 줄줄이 빠져나가고,
손자를 서넛씩 데린 할머니들이 염치불고
방으로 밀고 들어왔다.

도저히 발 들여놓을 틈이 없는데도
손님들은 꾸역꾸역 밀어닥치고 신랑의 부모는
그저 싱글벙글 누구든지 어서 오라고 환영을 했고,
가는 사람은 한사코 못 가게 붙들었다.

그런데도 그게 조금도 인사치레 같잖고
마음으로부터 우러나는 진심으로 보이니
기가 찰밖에 없었다.

나는 사람들 사이에서 숨도 못 쉬게 짓눌리며
이런 신랑네 부모를 경이와 약간의 공포로
지켜볼 수밖에 없었다.

참 모를 사람들이었다.

신랑의 부모는 손님들에게 그런 불편한 대접을 하면서도
조금도 미안쩍어 하거나 조바심하는 기색이 없이
의젓하고 여유마저 있어 보였고

손님들 역시 그런 불편을 당하면서도
짜증은커녕 끊임없이 우스갯소리를 주고받으며
흥겹고 만족해 보였다.

그들의 그런 여유는 어디서 오는지
나는 차라리 끔찍한 느낌이 들었다.

그 많은 사람들이 운이 좋으면 상에서 먹고,
서서도 먹고, 엉거주춤하고도 먹고, 끊임없이 먹고,
먹은 사람도 또 먹고 또 먹었다.

먹을 수 없는 굳은 떡은 치마폭에 쏟으면 쏟았지
상에 음식을 남겨 내보내는 법이 없었다.

새로 먹으러 들어오는 손님은 있어도
먹었다고 물러나는 손님은 없었다.

신랑의 부모는 무한한 여유가 있는 마술의 방이라도
가진 사람처럼 손님들을 무한정 청해들이고,

손님들은 손님들대로 무한한 여유가 있는
뱃속을 간직한 사람들처럼 먹고 또 먹었다.

나는 신랑의 누이뻘 되는 소녀에게
이 사람들이 도대체 언제까지 먹다가 갈 거냐고 물었다.

그녀는 태평스레 웃으며 큰잔치니까
이런 법석이 며칠 갈 거라고 했다.

나는 비로소 다섯 가마니의 떡쌀을 믿게 됐다.

그러나 처음 다섯 가마니의 떡쌀 소리를 들었을 때 받은
그 풍요하고 흐뭇한 느낌 대신,
지겨운 궁상이 연상되는 건 어쩔 수 없었다.

벽 헐고 들여놓은 색시 세간

신랑 어머니의 각별한 배려로
나도 상을 받을 수는 있었지만,
꽤 시장한 속에도 먹을 만한 음식은 없었다.

떡국은 너무 오래 끓어 국물이 꺼룩하고
떡점은 끈적거렸고, 인절미니 경단은
뻣뻣이 굳어 있었고 돼지고기는 덜 삶아서
핏기가 가시지 않은 비곗덩이였다.

그렇지만 나는 그걸 먹을 수 없는 나를 도저히
아니꼬워서 못 참아주겠다는 기분인가 하면,

맛있는 척 억지로 먹어주는 내 위선과 인내도
아니꼬워서 못 참아주겠는데 실로 묘한 기분이었다.

신랑 어머니가 시장할 텐데 어서 먹으라고 했다.

딴 사람들도 요새 서울서는
밀가루 섞은 가짜 떡국이나 먹어봤지
이런 순쌀로 한 진짜 떡국을 어디 가서 먹어봤겠느냐고
많이 먹고 더 먹으라고 나를 격려 고무했다.

나는 그런 격려에 힘입어
귀한 진짜 떡국을 한 그릇 거뜬히 비웠다.

  별안간 밖이 왁자지껄하더니 색시 집으로부터
세간발이가 왔다고 야단들이었다.

사람들의 눈이 기대로 빛나고
너도 나도 큰길까지 나가 세간발이를 마중했다.

  나는 비로소 앞으로 신혼부부가 거처할
건넛방을 들여다보았다.
분홍 꽃무늬 벽지로 도배를 새로 한
평반 정도의 좁은 방이었다.

그런데 삼륜차에 실려온 장롱은 집채만 했고,

화장대는 또 따로 있었다.

나는 큰일났다 싶은 생각이 났다.

우선 내 키도 약간은 수그려야 들어갈 수 있게

낮은 여닫이문으로 그 장롱이 들어갈 성싶지가 않았다.

그렇다고 아직도 시집 장가 안 들인 아들딸을

한방에 수두룩이 데리고 있는 시부모니,

안방을 내줄 수도 없는 처지였다.

그러나 세간발이를 맞은 시부모나 친척 동네 사람들은
세간이 크고 번들거리는 것만 좋아서 환성을 지르고
부러워하고 며느리 잘 본다고 칭송도 하느라
도무지 정신들이 없었다.

나 혼자 조마조마 견딜 수가 없었다.

바로 이웃 동네 색시라면서 미리 방 형편을 알아보고
거기 걸맞게 세간을 해오는 요량도 없다니,
저게 무슨 주책이요 망신일까 싶어 안절부절못했다.

고와 보이던 색시가 별안간
미련통이로 보이기까지 했다.

그러나 정작 시부모는 얼마든지 여유가 있는
마법의 방을 가진 분들같이 태연하고 다만 행복해 보였다.

아니나 다를까 세간은 문을 통과하지 못하고 걸렸다.
누군가가 자못 유쾌한 소리로 문지방을 뜯어내고
옆 기둥도 빼내라고 했다.

쾅쾅 망치소리가 났다.

한두 잔씩 받아 마신 막걸리에 얼근하게 취한
신랑 어머니가 춤을 덩실덩실 추었다.
장롱을 위해 집을 허는 망치 소리가 흥겹게 울리고
잔치의 흥은 드디어 절정에 달했다.

나는 시골뜨기라고 생각했으나

사람들은 모두 부러운 듯이 한마디씩 했고
곧 삼동네 사동네로 이 신나는 소문은 퍼지리라.

“아무개네 새 며느리는
어찌나 큰 장롱을 해왔는지
글쎄 한쪽 벽을 헐어내고 들여놨대” 하고.

나는 저녁때쯤 그 집을 하직했다.
집에다는 하룻밤 자고 오마고 하고
떠난 길이었는데도 그렇게 했다.

신랑 어머니가 그 어려운 나들이 해가지고
하루도 묵어가지 않는 법이 어디 있느냐고
한사코 붙들고 늘어졌다.

나는 시부모 모시고 있는 몸이
어디 그럴 수 있느냐고 능청을 떨었다.

모든 사람이 나를 칭송하고 나를 놓아주었다.

순쌀로만 한 떡, 시어머니께 맛뵈라고
한 보따리 싸주기까지 했다.

너무 많이 싸주어 십 리를 걸어나오는 동안
어디다 던져버리고 싶도록 무거웠지만
차부까지 잘 가지고 왔다.

겨우 막차를 타고 서울의 불빛이 가까워지자
그렇게 반가울 수가 없었다.

버스가 휘황한 도심으로 빨려들자
나는 아침 나절 도시를 빠져나가면서 느끼던 것과
똑같은 자유로움을 느꼈다.

나는 나를 시골뜨기라고 생각하기를 좋아했었다.

특히 세련되고 교양 있는 사람 앞에 느끼는 소원감,
화려한 장소나 사교적인 모임에서
남과 잘 어울리지 못하고 촌닭같이
빙충맞게 구는 것 등이
다 내 뿌리깊은 시골뜨기성 때문이라고 생각했었다.

그렇다고 그걸 부끄럽게 알고 지내왔다기보다는
오래 간직하고 싶은 소중한 걸로 알고 지내왔었다.
그런데 이번에 강화 나들이를 다녀오고 나서는
그런 내 시골뜨기성에 대한 자신마저 없어져버렸다.

나는 제대로 된 시골뜨기도 못 되고
딱 바라진 서울뜨기도 못 되고
얼치기쯤 되는가 보다.